„WARUM SCHREIBE ICH?

ICH SCHREIBE DIESE KURZGESCHICHTEN, GEDICHTE & ZITATE UM MEINEM KOPF DAS BEGREIFLICH ZU MACHEN, WAS MEIN HERZ SCHON IMMER GEFÜHLT HAT. DIESE IN WORTE GEFASSTEN EMOTIONEN DER HOFFNUNG, MÖCHTE ICH MIT DIR TEILEN. WEIL WIR ALLE GLEICH SIND. WEIL WIR ALLE ERFÜLLT SIND VON ÄNGSTEN. WEIL WIR ALLE DEN SELBEN KERN IN UNS TRAGEN - DIE LIEBE. UND LIEBE BEDEUTET: HOFFNUNG!“

Philosoph & Autor der Hoffnung

JOREL - THE CRYING GENTLEMAN

EIN BUCH DER HOFFNUNG

IM NAMEN DER HOFFNUNG

Vom Philosophen & Autor der Hoffnung

JOREL - THE CRYING GENTLEMAN

ISBN° 978-3-945593-15-8

JAHR DER PUBLIKATION : 2021

SCHWARZ & WEISS EDITION

VERSION : N° 1.4 / 20230119

CONCEPT, PHOTOS & DESIGN BY :

AGENCY – THE DREAMCATCHER

VERLAG / PUBLISHING HOUSE :

AGENCY – THE DREAMCATCHER

MAYERWEG 6 / 86399 BOBINGEN

GERMANY

WWW.THE-DREAMCATCHER.ORG

INFO (AT) THE-DREAMCATCHER.ORG

OAVO

„Folge mir auf YouTube !!!
Suche nach: „Jorel - The Crying Gentleman"
Oder scanne den Barcode, hier unten, mit deinem Smartphone!"

Philosoph & Autor der Hoffnung

JOREL - THE CRYING GENTLEMAN

IM NAMEN DER HOFFNUNG
INHALTSVERZEICHNIS

KURZGESCHICHTEN

GEDICHTE

IM NAMEN DER HOFFNUNG
INHALTSVERZEICHNIS

ZITATE ÜBER

DER GLÜCKLICHSTE MANN DER WELT

Eine Kurzgeschichte vom Philosophen & Autor der Hoffnung

JOREL - THE CRYING GENTLEMAN

Der glücklichste Mann der Welt

KURZGESCHICHTE N° 1

Es war einmal ein alter Mann. Er war sehr vergesslich und litt unter einer Krankheit namens Amnesie. Eine Krankheit, bei der man viele Dinge vergisst. Der alte Mann war ein sehr freundlicher Mann und grüßte jeden Morgen die Menschen, die ihm begegneten, freundlich mit den Worten:

„Einen wunderschönen guten Morgen! Ist das Leben nicht wundervoll?"

Die Männer und Frauen nickten. Da der Mann aber sehr vergesslich war, wiederholte sich dieses Schauspiel Tag für Tag, Woche für Woche und Monat für Monat. Die Menschen waren alsbald seiner Freundlichkeit überdrüssig. Zuerst fanden sie sein Verhalten recht lustig, aber nach einiger zeit ging ihnen diese immerwährende Freundlichkeit auf die Nerven. Sie fingen an, ihm aus dem Weg zu gehen. Sie machten

einen weiten Bogen um ihn, wenn sie ihn sahen, und machten Witze über seine Krankheit der Vergesslichkeit. Ein kleiner Junge kannte den alten Mann ebenfalls. Schon oft hatte der Alte den Jungen gegrüßt und jedes Mal war die Begrüßung voller Freude, voller Ehrlichkeit gewesen, was dem Jungen gefiel.
„Einen wunderschönen guten Morgen! Ist das Leben nicht wundervoll?“, schallte es ihm am heutigen Morgen erneut entgegen. Der Junge nickte, wie er es immer tat, fasste dieses Mal aber Mut und entgegnete dem alten Mann:
„Ich wünsche Ihnen auch einen wunderschönen Tag.“ Nach einem kurzen Zögern fuhr der Junge fort: „Ich wünschte, ich könnte auch immer so fröhlich sein, wie Sie es sind.“ Der alte Mann lächelte:
„Willst du wissen, warum ich heute so fröhlich bin?“ Der Junge nickte, während der Alte sich auf einen großen Stein neben dem Weg setzte. „Du wirst es nicht glauben, mein

junger Freund, aber mir ist heute etwas Unglaubliches passiert!"
„Etwas Unglaubliches?"
„Ja! Ich habe heute eine Entdeckung gemacht. Eine Entdeckung, die mein Leben für immer verändern wird."
Natürlich wurde der Junge neugierig.
„Wollen Sie es mir verraten?", sprach er und setzte sich zu dem alten Mann auf den großen Stein.
„Aber natürlich!", bekam er sofort zur Antwort. „Ich habe heute die Schönheit der Welt erkannt!"
„Die Schönheit der Welt?" Mit so einer Antwort hatte der Junge nicht gerechnet. Der alte Mann sprach weiter:
„Ja, mein Freund! Die unglaubliche, allgegenwärtige und vollkommene Schönheit der Welt."
„Und wo haben Sie diese Schönheit gefunden?"
Der alte Herr lehnte sich entspannt zurück.
„Hier! Hier habe ich sie entdeckt! Riechst du das?"
„Was?"
„Na die Blumen, die Gräser, den

warmen Wind, wie er den Duft der Kirschblüten verteilt."
Der Junge streckte seine Nase in die Luft.
„Ja, das kann ich riechen."
„Magst du den Duft?"
„Ich denke schon. Riecht irgendwie frisch."
„Siehst du dort hinten in der Ferne die Kinder spielen? Ich gestehe, ich kann sie nicht mehr richtig sehen, aber ich höre sie!"
Der Junge betrachtete den Ort in der Ferne, an dem die Kinder spielten. Der alte Mann schloss die Augen und sprach weiter:
„Ist es nicht schön, wie sie spielen? Wie sehr sie sich freuen? Sie freuen sich so sehr über die einfachen Dinge des Lebens. Es ist wundervoll. Sie brauchen keine großen Villen, Schiffe oder teuren Schmuck. Nein. Gib ihnen etwas Sand, Freunde zum Spielen und sie sind glücklich."
Der Junge schmunzelte:
„Ja, das kann ich sehen."
„Und wenn du genau hinhörst, dann kannst du einige von ihnen lachen

hören. Es ist so ein bezauberndes und wundervolles Lachen. Es kommt so sehr von Herzen."

Beide schwiegen für einen Moment und genossen die Ruhe. Der alte Mann öffnete erneut seine Augen und sprach:

„Du kannst bestimmt auch das Rauschen der Blätter im Wind hören!"

Der Junge versuchte seine Aufmerksamkeit auf das Rauschen des Windes zu lenken.

Der Herr sprach ruhig weiter:

„Wie schön das Geräusch klingt. Es klingt fast ... wie das Meer. Hörst du es?"

Der Junge schloss nun auch seine Augen. Er konnte es hören. Der alte Mann fuhr fort:

„Ist es nicht unglaublich? Ich habe achtzig Jahre und zwei Herzinfarkte gebraucht, um dies alles zu bemerken. Und dabei war es immer vor meiner Nase. Es war immer da. Ich habe es nur nicht gesehen, weil ich ständig dachte, nur Dinge, die viel kosten, seien etwas wert. Dabei stimmt das nicht. Ich sage dir, mein Freund, müssten die Menschen ein Vermögen für einen Waldspaziergang ausgeben, dann würden sie ihn ganz anders schätzen. Es scheint gar, als ob die Menschen Dingen, die im Überfluss vorhanden sind, keinen richtigen Wert zuweisen können.

Stell dir vor, es gäbe kein grünes Blatt mehr auf diesem Planeten. Die Menschen würden unglaubliche Summen dafür bezahlen, um nur einmal eines berühren zu dürfen. Ein atemberaubendes Phänomen der Menschheit: Gib dem Menschen Schönheit im Überfluss und er wird sie nicht mehr zu schätzen wissen."

Der Junge hatte noch immer seine Augen geschlossen und lauschte weiterhin aufmerksam den Worte des Alten.

„Mein junger Freund, soll ich dir noch ein Geheimnis verraten?"

Der Junge lächelte und nickte.

„Der Mensch kann erst dann die wahre Schönheit der Welt erkennen, wenn er seine eigene innere Schönheit

erkannt hat. Stell dir einmal vor, alle Menschen würden für einen Augenblick die Liebe zu sich selbst erkennen. Ich bin mir sicher, wir hätten dann, für diesen Moment, das Paradies auf Erden."
Der Junge öffnete die Augen und betrachtete den alten Mann. Er bemerkte, wie dem Alten eine Träne aus dem Auge rann. Der Junge sagte nichts. Er lauschte weiterhin stillschweigend seinen sanften Worten.
„Wenn ich mich nur jeden Tag an diesen Moment des Entdeckens zurückerinnern könnte. Jeden Tag auf ein Neues. Ich denke, dann wäre ich der glücklichste Mensch auf der Welt."

Zuerst grinste der Junge, denn er wusste, dass der alte Mann diesen Gedankengang über Nacht vergessen würde. Dann aber lächelte er still in sich hinein, denn er fühlte,
dass der alte Mann denselben wunderschönen Gedankengang

erneut im Morgengrauen haben würde.

Schließlich rann dem Jungen selbst eine Träne der Freude über die Wange. Der Junge wollte den Augenblick nicht ruinieren. Er sprach keinen Ton. Er genoss die Ruhe. Er genoss die Anwesenheit des alten Mannes.
Und vor allem aber genoss er die
unglaubliche Schönheit des Lebens.

Eine Kurzgeschichte

GOTT & DER EIFERSÜCHTIGE TEUFEL

Vom Philosophen & Autor der Hoffnung

JOREL - THE CRYING GENTLEMAN

Das Gespräch zwischen Gott & dem eifersüchtigem Teufel

KURZGESCHICHTE N° 2

Eines Tages trafen sich Gott und der Teufel zu einem kurzen Gespräch. Der Teufel sprach mit zynischer Zunge:
„Ich bin schneller als die Liebe!"
Gott nickte. Der Teufel sprach weiter mit einem Grinsen im Gesicht:
„Ich kann der Menschheit einreden, die Liebe sei unnütz!"
Gott nickte erneut. Der Teufel bemerkte, dass er Gott nicht aus der Ruhe bringen konnte und so wurde er lauter: „Ich kann so manch einen Menschen Glauben machen, die Liebe existiere gar nicht!" Aber auch bei diesem Satz erntete er nur ein freundliches Nicken. Der Teufel war außer sich, er schrie aus Leibeskräften:
„Ich kann der Menschheit einreden, dass ich hinter der Liebe stecke!"
Da trat Gott an den Teufel heran, umarmte ihn, küsste ihn auf die Stirn und sprach:
„Ich bin die Liebe!"

Eine Kurzgeschichte
DER PRINZ
UND DIE WUNDER
Vom Philosophen & Autor der Hoffnung
JOREL - THE CRYING GENTLEMAN

Der Prinz und die Wunder

KURZGESCHICHTE N° 3

Es lebte einmal in einem weit entfernten Königreich ein junger Prinz. Der Prinz war ein angesehener Mann und das Volk liebte ihn. Nicht lange, dann sollte der Prinz den Thron seines Vaters besteigen und das Land regieren. So war die Tradition und die Tradition wurde stets geachtet. Der junge Prinz war jedoch anders. Er hielt nicht viel von Traditionen und hatte stets nur einen Wunsch: Er wollte einem Wunder begegnen!

Er hatte von Wundern schon oft gehört, denn die Geschichten, die ihm in seiner Kindheit vorgelesen wurden, waren voll davon. Und so trat der junge Prinz eines Tages an seinen Vater, den König, heran und sprach:

„Vater, sei mir nicht böse gesonnen, aber in meinem Herzen wohnt nur ein Wunsch: Ich möchte einem Wunder begegnen!“

Der König wurde traurig. Er wusste, dass die Worte seines Sohnes den Auszug aus dem Königreich bedeuteten.
„Die Tradition verlangt, dass du nach mir das Königreich regierst." Der König schwieg einen Moment, ehe er weitersprach: „Aber ich liebe dich, mein Sohn, und so lasse ich dich ziehen. Bedenke nur eines, mein geliebtes Kind: In Zeiten schrecklichster Not sieh um dich!"
Der junge Prinz war überrascht über die Entscheidung seines Vaters. Er war überglücklich und ließ sich einkleiden mit den prachtvollsten und teuersten Gewändern.
„Ich will dem Wunder erhaben und in schönster Pracht begegnen", sprach er zu seinen Dienern und ritt sodann alleine in das sonnige Königreich. Doch die Sonne verabschiedete sich bald und an ihre Stelle trat die finstere Nacht.
„Wo bin ich hier?", sprach der junge Prinz zu sich selbst mit zitternder Stimme. Aus dem Schatten der Nacht

trat ein finsterer Riese und stellte sich vor den Prinzen und sein Ross.
„Gib mir all dein Gold oder ich reiße dir deinen Kopf ab!“, befahl er. Der Prinz erschrak.
„Guter Mann, ich bin nur auf der Suche nach einem Wunder. Lasst mich von dannen ziehen.“
Der Riese aber sah dem Prinzen finster in die Augen und sprach erneut:
„Gib mir all dein Gold oder ich reiße dir deinen Kopf ab!“
Der Prinz wusste sich nicht anderweitig zu retten und warf dem Riesen all sein Gold zu, das er für die jahrelange Verpflegung eingesteckt hatte. Schnell ritt der junge Prinz davon und gelangte nach wenigen Stunden an einen Fluss, an dem ein Fährmann saß und ihn begrüßte:
„Guten Abend, junger Prinz!“
„Guten Abend, guter Mann! Mögen Sie doch so freundlich sein und mich an das andere Ufer bringen? Ich bin auf der Suche nach einem Wunder.“
„Gewiss, gewiss, mein junger Prinz.

Mein Dienst sei dir gewiss. Jedoch verlange ich dafür dein Pferd und deine goldene Rüstung."
„Mein Pferd und meine Rüstung?", erwiderte der junge Prinz. „Ich bin auf der Suche nach einem Wunder. Wie soll ich mich weiter auf den Weg machen ohne mein geliebtes Pferd?"
Der Fährmann ließ jedoch nicht ab von seinem gewünschten Soll und sprach erneut zu dem Prinzen:
„Euer Pferd und Eure goldene Rüstung."
Der junge Prinz träumte noch immer von seinem Wunder und willigte schließlich schweren Herzens ein.
Nachdem der junge Prinz mehrere Stunden zu Fuß gegangen war, machte er Rast unter einem großen Baum. Es war noch immer finstere Nacht und der Mond war die einzige Lichtquelle.
„Wenn dir dein Leben lieb ist, gib uns all das, was du am Leibe trägst!"
Eine tiefe Stimme und boshaftes Gelächter kamen dem Prinzen entgegen. Der Prinz erschrak. Sieben finstere Banditen standen mit ihren

Messern vor ihm.
„Hast du nicht gehört? Gib uns sofort all das, was du am Leibe trägst oder wir schlitzen dir die Kehle auf!“
Der junge Prinz zitterte vor Angst und tat, wie ihm befohlen. Die Banditen zogen mit ihrer Beute weiter. Nackt saß der junge Prinz nun da. Zitternd und allein.
„Mein Gott, was habe ich nur getan?“ Der junge Prinz war schockiert über sich selbst. „Wie konnte ich nur so naiv sein und glauben, es gäbe tatsächlich Wunder auf dieser Welt?“
Und so begann er, bitterlich zu weinen. Tränen flossen an seinen Wangen herab. Das Leid hatte sich seines Körpers bemächtigt. Stunde um Stunde verging, jedoch die Tränen wollten nicht versiegen. Und in der Stunde der puren Verzweiflung ging die Sonne über dem finsteren Wald auf. Ein heller Schein durchzog die Dunkelheit. Alles fing wieder an zu leuchten. Das Grün der Bäume. Die Farbenpracht der Blumen. Die Reflektionen in den Flüssen. Wie

Diamanten schimmerte das Wasser. Das Leid des Prinzen war verflogen. Mit offenem Mund blickte er staunend um sich. Er genoss den Augenblick.

„Mein Gott, mein Gott, wie konnte ich das all die Jahre nur nicht sehen? Nun erst, da ich all mein Hab und Gut verloren habe, werden mir die Augen geöffnet. Ich lebe in einer Welt voller Wunder!“

Eine Kurzgeschichte

KENNST DU DAS LEBEN ?

Vom Philosophen & Autor der Hoffnung

JOREL - THE CRYING GENTLEMAN

Kennst du das Leben?

KURZGESCHICHTE N° 4

Ein junger Mann stellt einem alten Mann auf der Straße eine Frage.
„Kennst du das Leben?"
Der alte Mann schüttelt den Kopf.
Der junge Mann fragt erneut:
„Kennst du das Leben?"
Der alte Mann antwortet mürrisch:
„Das Leben? Sehe ich etwa so aus, als würde ich das Leben nicht kennen? Ich bin mehr als dreimal so alt wie du, und du fragst mich, ob ich das Leben kenne?"
Der junge Mann wartet einen kurzen Augenblick, ehe er eine weitere Frage stellt: „Und kennst du die Liebe?"
Der alte Mann fängt an zu lachen:
„Ha! Die Liebe?! Hat deine Mutter dir erzählt, dass es die Liebe, die große Liebe gibt? Tut mir leid, Junge, aber lass dir von einem alten Mann die Wahrheit sagen: Die Liebe gibt es nicht! Schau zu, dass du einen anständigen Beruf lernst, kauf dir ein

schönes Haus und such dir eine Frau, die dir eine gute Ehefrau ist."
Der alte Mann dreht sich um und geht kopfschüttelnd davon. Der junge Mann denkt über die Worte des Alten nach, doch nach einer Weile fängt er an zu lachen. Er lacht so laut, dass die umstehenden Passanten ebenfalls die Köpfe schütteln. Der junge Mann schweigt für einen Augenblick und genießt seinen Gedankengang:
„Wie schön ist doch das Leben! Obwohl ich so jung an Jahren bin, habe ich bereits mehr Wahrheit erfahren als so manch ein anderer."

Eine Kurzgeschichte
DES TEUFELS
FALSCHE KLEIDER
Vom Philosophen & Autor der Hoffnung
JOREL - THE CRYING GENTLEMAN

Des Teufels falsche Kleider

KURZGESCHICHTE N° 5

Eine innere Stimme sprach in liebem Ton zu einer jungen Frau:
„Dein Leben ist so schön!"
Die junge Frau lächelte verlegen. Die innere Stimme sprach weiter:
„Wie schön doch jetzt alles für dich ist! Du bist nicht mehr alleine!"
Die junge Frau hörte weiter auf die Stimme.
„So lange warst du alleine! So lange hast du gesucht. Jetzt hast du ihn endlich gefunden."
Die junge Frau nickte. Erneut ertönte die schöne Stimme:
„Ach wie schön doch jetzt alles ist!"
Wieder nickte die junge Frau.
„Gut, du hast keine Schmetterlinge im Bauch und für ihn ist das Küssen nicht so wichtig, aber er hat eine feste Arbeit und er hat Geld. Du hast so ein Glück, ihn gefunden zu haben!"
Die junge Frau schaute nun etwas skeptisch, schüttelte den Kopf und

sagte lächelnd: „Ich bin glücklich!"
Die junge Frau zögerte kurz, sprach dann aber weiter zu sich selbst:
„Mir geht es sehr gut! Ich bin schließlich keine sechzehn mehr. Andere Dinge sind jetzt wichtiger!"
Da ertönte auf einmal eine andere innere Stimme. Diesmal allerdings direkt aus ihrem Herzen. Unglaublich warmherzig und wie die Stimme eines Engels sprach diese zu ihr:
„Ich liebe dich! Ich will nur dein Glück! Die Antwort liegt im Herzen, doch der Verstand weiß das nicht!"
Die junge Frau erschrak.
„Eine weitere Stimme?"
Ihr war nun doch etwas mulmig zumute. Doch da sprach erneut die liebreizende Stimme ihres Verstandes zu ihr:
„Mein liebes Kind, hör nicht auf diese verführerische Stimme deines Herzens. Du weißt genau, dass du jetzt glücklich bist."
Das Mädchen nickte zögerlich, war nun aber völlig verwirrt. Die Stimme ihres Verstandes sprach erneut:

„Die Hiebe deines Mannes neulich waren nicht böse gemeint. Er liebt dich doch. Du weißt es. Mach dir keine Sorgen. Es wird alles gut!"
Doch da verstummte auf einmal die Stimme ihres Verstandes, denn die Worte des Herzens kamen erneut zurück. Warmherzig und mit voller Güte erklangen sie:
„Ich liebe dich! Ich will nur dein Glück! Die Antwort liegt im Herzen, doch der Verstand weiß das nicht!"
Die junge Frau begann nun bitterlich zu weinen. Sie schüttelte den Kopf, gab sich selbst eine Ohrfeige und schrie auf vor Leid. Die Stimme ihres Verstandes versuchte, sie zu trösten:
„Nimm nicht alles so schwer. Morgen ist wieder alles gut. Dein Mann wird dich bald so küssen, wie du es willst. Du wirst merken, dass er der Richtige ist für deine Kinder, die du mit ihm haben wirst. Du hast einen Mann, eine rosige Zukunft und schließlich hast du ja ... mich!"
Da zitterte die junge Frau am ganzen Körper. Ihre Tränen rannen in

Strömen an ihren Wangen herab und ihre flüsternde Stimme hallte durch die kalte Nacht:
„Einst liebte ich mich! Ich wollte nur mein Glück! Ich hörte auf mein Herz, denn der Verstand weiß dies nicht!"

Eine Kurzgeschichte

DAS MÄDCHEN UND DIE SPIELUHR

Vom Philosophen & Autor der Hoffnung

JOREL - THE CRYING GENTLEMAN

Das Mädchen & die Spieluhr

KURZGESCHICHTE N° 6

Es waren einmal ein reicher Vater und sein geliebtes Kind. Der Vater war sehr bemüht um seine Tochter und liebte sein Kind so sehr, wie ein Vater sein Kind nur lieben konnte. Der Vater war ein angesehener Arzt und hatte, bedingt durch seine Arbeit, wenig Zeit für Freunde. Leider hatte der Arzt somit auch wenig Zeit für sein einziges Kind. Als Ausgleich versuchte er, dem Kind jeglichen materiellen Wunsch von den Augen abzulesen. Stofftiere über Stofftiere türmten sich in dem Kinderzimmer des Mädchens und ein eigens für die Tochter eingestelltes Kindermädchen versuchte, ihr alle Lieblingsspeisen zuzubereiten. Das Mädchen war dennoch traurig. Der Vater grübelte, was er tun könnte, um dem Kind die Traurigkeit aus dem Gesicht zu zaubern. Er zerbrach sich nächtelang den Kopf und sprach mit Arztkollegen.

Der Vater führte Untersuchungen jeder Art mit seinem geliebten Kind durch, doch er konnte keine Antwort finden. Eines Abends jedoch, als im Krankenhaus wenig los war, konnte der Arzt früher nach Hause gehen. Der Vater überraschte die geliebte Tochter mit einem kleinen Päckchen. Die Tochter freute sich, dass der Vater sie an diesem Tag ins Bett brachte und nicht die Amme. Sie öffnete das Geschenk und eine goldene Spieluhr kam zum Vorschein.

„Ich habe sie nur für dich anfertigen lassen. Sie spielt ein wunderschönes Lied."

Der Vater zog die Spieluhr auf und legte das Schmuckstück auf das Nachtkästchen. „Wollen wir ein Tänzchen wagen?", fragte der Vater mit einem freudigen Gesichtsausdruck und hielt seiner Tochter die offenen Arme entgegen. Das Kind begann zu lächeln. Immer wieder zogen sie die Spieluhr auf und tanzten durch das Kinderzimmer. Der Vater war überglücklich und

sprach zu sich selbst:
„Endlich! Endlich habe ich ein Geschenk gefunden, das sie wieder glücklich gemacht hat.“
Eines Tages jedoch, es waren kaum sieben Wochen vergangen, kehrte der Vater nicht mehr nach Hause zurück. Das Kindermädchen trat zu dem Mädchen in das Kinderzimmer und verkündete die schreckliche Botschaft:
„Dein Vater ist heute bei einem Autounfall gestorben.“
Das Kind begann schrecklich zu weinen.

Die Jahre vergingen und das kleine Mädchen wuchs zu einer jungen Frau heran. Sie begann, wie auch einst ihr Vater, Medizin zu studieren. Sie war eine sehr stille, aber übereifrige Studentin und immer die Jahrgangsbeste. Das nun erwachsene Mädchen wurde Ärztin und genoss alsbald, wie auch einst ihr Vater, einen guten Ruf. Leider hatte auch sie wenig Zeit für Freunde und für einen Partner, denn ihre Arbeit war, wie auch die ihres Vaters, sehr zeitraubend. Die Einsamkeit wurde zu ihrem besten Freund und sie lernte damit umzugehen. Eines Nachmittags sah sie bei einem Spaziergang in ein Schaufenster. Eine Auktion fand statt, bei der mehrere wertvolle Schmuckstücke versteigert wurden. Ihre Augen begannen wie in ihrer Kindheit zu leuchten. Auf dem Auktionstisch stand die goldene Spieluhr ihres Vaters.

„Das ist sie!"

Sie war sich ganz sicher, denn schließlich war das Schmuckstück eine Maßanfertigung gewesen, die es so nur einmal auf der Welt gab. Vor über vierzig Jahren war die Spieluhr aus ihrem Anwesen gestohlen worden und die Polizei war nicht in der Lage gewesen, den Dieb zu schnappen und die Spieluhr zu ihrer Besitzerin zurückzubringen.

„Das ist sie!", wiederholte die Frau und betrat den Auktionsraum, um die Erinnerung an ihren Vater zu ersteigern. Viele sehr reiche Menschen aus aller Welt waren anwesend und die Spieluhr schien sich großer Beliebtheit zu erfreuen. Die Gebote überschlugen sich und erreichten unglaubliche Höhen. Die alt gewordene Ärztin war eine reiche Frau, aber selbst ihre finanzielle Grenze war bald erreicht.

„Ich muss sie haben!“, sprach die alte Dame wie besessen zu sich selbst und ersteigerte schließlich die Spieluhr mit all ihrem Hab und Gut, mit allem Geld, das sie besaß.

Die alte Dame war überglücklich. Sie ging in einen nahegelegenen Park und suchte sich ein ruhiges Plätzchen. Sie zog die Spieluhr auf, stellte ihre Kindheitserinnerung auf eine Parkbank und lauschte gespannt den Klängen. Sofort begann die Frau zu weinen. Jeder Ton, der aus der Spieluhr drang, ließ eine Träne der Freude über die Wange der alten Dame fließen. Sie stand auf und begann zu tanzen. Alleine in diesem Park. Die Spieluhr war ihr egal. Und so war es auch schon immer gewesen. Es war die Erinnerung, dass ihr Vater sie an diesem Abend umarmt hatte. Dass er ihr seine Hände gereicht und mit ihr getanzt hatte. Vor allem aber war es die Erinnerung daran, dass er sich an diesem Abend für seine Tochter Zeit genommen hatte.

Eine Kurzgeschichte
DER VERLIEBTE
STERN
Vom Philosophen & Autor der Hoffnung
JOREL - THE CRYING GENTLEMAN

Der verliebte Stern

KURZGESCHICHTE N° 7

Es war einmal ein Stern, der sehr verliebt war in ein Sternenmädchen. Der Stern war beeindruckt von ihrer weiblichen Sternenart. Von früh bis spät konnte er sie ansehen. Ihr Leuchten verzauberte ihn zutiefst.

„Was kann ich nur tun?", überlegte der Stern, der nicht wusste, wie er die Sternendame beeindrucken konnte. Er war so verliebt. In diesem Augenblick flog eine hell leuchtende Sternschnuppe an ihm und schließlich auch an der Sternendame vorbei. Mit leuchtenden Augen sah die Sternendame der Sternschnuppe hinterher. Der verliebte Stern bemerkte, wie viel Freude ihr dieser Anblick bereitete.

„Ich werde leuchten wie kein Stern zuvor!", beschloss der verliebte Stern daher. „Es soll keinen Stern und keine Sonne geben, die heller scheinen wird als ich!" Der verliebte Stern war sofort voller Tatendrang. „Sie wird mich lieben! Sie wird mich so sehr lieben!“ Der verliebte Stern war überzeugt, einen Weg gefunden zu haben, um in der Sternendame die Liebe hervorzurufen. Sogleich machte er sich an die Arbeit. Er las alle Sternenbücher über „außergewöhnliches Leuchten“. Alle seine Sternenfreunde befragte er. Schließlich führte ihn sein Weg in ein sehr dunkles Universum, in dem ein sehr weiser Stern lebte, der sein Leben dem Leuchten widmete.

„Guten Tag, weiser Stern!“, sprach der verliebte Stern zu dem weisen Stern.

„Guten Tag!“, begrüßte ihn der weise Stern, der nur selten Besuch bekam. „Was führt einen so jungen und schönen Stern, wie du es bist, in dieses weit entfernte Universum?“

Der verliebte Stern gab stotternd zur Antwort:

„Ich ... ich ... habe erfahren, dass Ihr ein sehr weiser Stern seid.“

„Gewiss, gewiss!“, antwortete der weise Stern, der es liebte, wenn jemand seine Weisheit zu schätzen

wusste.
„Ich habe gehört, Ihr seid erfahren im Leuchten! Ich würde gerne erfahren, was es bedarf, um der hellste Stern am Firmament zu werden?“
„Der hellste Stern am Firmament?“
„Ja! Heller als jeder Stern und jede Sonne!“
Der weise Stern dachte nach und sprach:
„So, so ...“ Weise Sterne lieben es, „So, so ...“ zu sagen, besonders wenn hübsche Sterne vor ihnen leuchten.
„Bitte, Sie müssen mir helfen! Ich muss es lernen! Ich bezahle mit meinem Leben dafür!“
„Mit deinem Leben?“
„Ja, ich würde alles dafür geben, der hellste Stern am Firmament zu sein!“
„Nun, es gibt wahrhaftig eine Möglichkeit, diese Tat zu vollbringen.“
Der verliebte Stern unterbrach den weisen Stern:
„Ich muss es wissen! Bitte, lieber, weiser Stern!“
„Nun gut, ich werde dich einweisen in die Geheimnisse des Leuchtens. Aber

lass dir gesagt sein: Du wirst zwar der hellste Stern am Firmament sein, jedoch nur für einen Augenblick! Und ..." Der verliebte Stern unterbrach den weisen Stern erneut:

„Und was?" Das Liebesleid machte ihn sehr ungeduldig. Der weise Stern sprach weiter:

„Du wirst für einen Augenblick der hellste aller Sterne sein, aber du wirst mit deinem Leben dafür bezahlen!"

Der verliebte Stern war außer sich vor Freude.

„Nichts lieber als das! Dies ist mein sehnlichster Wunsch!"

„Bist du dir sicher? Du willst wirklich mit deinem Leben bezahlen, um nur für einen Augenblick heller zu leuchten als alle anderen Sterne?"

„Das will ich!" Der verliebte Stern stellte sich dabei das verliebte Gesicht der Sternendame vor.

„Das ist mein Wille! Ich wünsche mir nichts sehnlicher, als einmal heller zu scheinen als all die anderen Sterne."

Der weise Stern dachte kurz nach und nickte schließlich. Dann nahm er den

verliebten Stern in seine Obhut und lehrte ihm sein Wissen. Sieben Jahre vergingen und der verliebte Stern war eingeweiht in die Geheimnisse des Leuchtens.
„Du bist jetzt soweit!“, sprach der weise Stern. „Ich habe dir all mein Wissen gegeben. Nun liegt es an dir, es zu nutzen.“
Der verliebte Stern war nach den sieben Jahren so sehr dem Liebesleid verfallen, dass er es kaum noch ertragen konnte. Dennoch freute er sich, dass er dieses Wissen erlernen durfte. Er bedankte sich beim weisen Stern:
„Vielen Dank, weiser Stern, für die Zeit, die du mir geschenkt hast.“
Der weise Stern nickte und begleitete den verliebten Stern zu seinem Universum. „Mach es gut, mein lieber Stern! Es war schön, dass du meine Dunkelheit mit deinem Dasein erhellt hast.“ Dann machte er sich wieder zurück auf den Weg in sein dunkles Universum.
Der verliebte Stern bemerkte sofort

seine große Liebe, seine Sternendame. Und so sprach er zu sich selbst:
„Ich liebe dich noch immer so sehr! All die Jahre sind vergangen und meine Liebe zu dir ist ins Unermessliche gestiegen.“ Der verliebte Stern vergoss eine Träne der Einsamkeit. „Die Zeit ist gekommen.“ Der verliebte Stern machte nun von all seinem Wissen Gebrauch, das er von dem weisen Stern in den sieben Jahren gelernt hatte. Zuerst war es nur ein kleiner Schein. Dann war es schon ein richtig intensives Leuchten. All seine Sternenfreunde richteten ihre Sternenaugen auf ihn. Das intensive Leuchten wurde zu einem unfassbar hellen Schein. Es gab keinen Stern und keine Sonne, die dieses intensive Leuchten nicht bemerkten.
„Er leuchtet so schön!“, sprachen alle im Universum.
„Wie macht er das nur?“
Schließlich wurde das Licht so hell, dass es in Hunderten von Universen für Staunen sorgte. Dann erlosch das Licht plötzlich und der verliebte

Stern starb.
Der verliebte Stern trat vor Gottes Antlitz. Er war noch immer verliebt in die Sternendame.
„Lieber Gott“, sprach der verliebte Stern, „ich habe die letzten Jahre meines Leben dafür gewidmet, meine große Liebe zu beeindrucken. Ich habe sogar mein Leben dafür geopfert. Warum aber fühle ich mich dennoch so leer, so einsam ... so traurig?“ Und Gott sprach zu dem verliebten Stern:

„Mein geliebter Stern, ich liebe dich so sehr. Warum aber hast du sie nicht einfach angesprochen?“

GEDICHT N° 01

You are not alone!

He would have said:
You are not alone!
GEDICHT N° 1

You are not alone!
Even if I´m **gone to soon,**
Even if I´m **out of your life,**
Even if you feel like a
Stranger in Moscow.
I will be there!
Because I LOVE you!

You know that **they don´t really**
Care about us.
So stand up and follow your dreams!
Walk to the Moon, like I did.
Don´t stuck in the middle.

The path will be **dangerous.** I know.
You´ll sometimes feel **bad,**
All the colors will vanish
And the world will just seem painted
Black or white.

In those times listen to
The **Man in the mirror.**
Because he will be the only one,

To help you following your Dreams!
Don´t stop until you get enough!

Beat it! Can you hear me?
Beat the bad feelings.
Look up to the sky, **scream** and **cry.**
But then … **Smile!**

You can reach your Dreams!
I´ll say it once more:
You can reach your Dreams
And you can **heal the World!**

You are not alone!
Because I`m here with you...
I can never really die, because
I´m always in your Heart!

WE WILL ALWAYS
LOOK UP TO YOU,
MICHAEL JACKSON!

GEDICHT N° 02
Das Spiegelbild

Das Spiegelbild

GEDICHT N° 2

Wo ist er hin,
der Mann den ich sah, dessen Leid
ich kannte?
Wohl an meine Herren,
solch Schmerz in einen Augenpaar
vernahm ich nicht oft.
Diese glasigen Tränen,
voll Kummer aufgrund von
Einsamkeit umarmt von Liebesleid.
Herz bleib stehen und halte inne ...
Er naht erneut und bringt mit sich
den Schmerz der in ihm wohnt.
Für wie viel Mann, musste er wohl
leiden,
das seine Augen müssen so oft
ertrinken?
Wenn ich ihn nur retten könnt, aus
seiner Not ...
Wo ist der Engel mit den Armen voll
Trost?
Einst kannte ich seine Augen ohne
ein Meer von Tränen.
Einst sah ich den Himmel auf Erden

in dessen Glanz erstrahlen.
In jenen Zeiten war ein Lächeln zu
erkennen.
So pur und rein, wie es nur eine
Macht auf Erden vermag in ein
Gesicht zu malen.
Die LIEBE selbst schien ihn als
schönste Leinwand auserkoren.
Hinfort ist nun der Freudenschein
und dessen Platz
ergriff die Einsamkeit.
Der Kummer Sohn steht nun vor
mir, bleich und schwach.
Nur er allein und ich ...
Ich bin immer für ihn da!
Er allein und ich ...

Sein Spiegelbild

GEDICHT N° 03
Der verliebte Pixel

Der verliebte Pixel

GEDICHT N° 3

Der Schein der täuscht denn einsam
bin ich.
Von hunderttausenden in deinem
Display nur einer,
doch anders fühle ich mich!

All die Farben, die ich als Pixel
erstellen kann,
einst erstellte und auch in Zukunft
erstelle dann,
richte all ich aus, auf das DU, in
deinem Display mich erspähest,
dich in mich verliebst und nach
mein Herz erflehest.

Und könnt ich doch, wenn auch
nicht für lang,
so hell erstrahlen, das ich dann,
hundertmal schöner leuchte als alle
anderen Pixel hier,
geben würde ich mein Leben dafür.

Die anderen Pixel würden dann
lästern über mich:
Er leuchtete anders, verrückt und
nur für sich!

Doch einer wird auch in diesem
Display weilen,
der fühlt, spricht und wird dies
somit verneinen.

Er, ja er, wird wissen Bescheid,
mein letztes funkeln, leuchtete so
weit und breit.
Es diente nur dem einen Zwecke,
das es in DIR die LIEBE wecke.

GEDICHT N° 04
LIEBE ich ...¿

LIEBE ich …?

GEDICHT N° 4

Ist das Gefühl mit dem ich mich
kleide,
das der wahren LIEBE?

Wann LIEBE ich wirklich?

Ist der ständige Kampf der Fragen,
mein dauerhafter Begleiter in meiner
Beziehung?

Ist der Mensch, mit dem ich
einschlafe, der Ewigkeit schönste
Zierde?
Soll die Ehe uns umschließen,
oder wird mir die Zeit die Antwort
reichen?

Wenn ich LIEBE, darf mein Körper
ander Fleisch begehren,
oder ist es eine Sünde überhaupt zu
fragen?

Bin ich „Der, der wahrlich LIEBT“,
oder bin ich „Der, der wahrlich
sucht“?

Zufrieden bin ich ...
Wohlbefinden ummannt mich ...
Doch warum frage ich ...?

Die Antwort schreit:
Verdrängung ist der Menschheit
liebste Tugend!

Nur der, der frei ist von solchen
Fragen, der LIEBT wahrhaftig!

Die LIEBE selbst bedarf keiner
Frage!

„Der, der LIEBTE“ weiß das,
denn er durchschritt das Tal der
Fragen,
und sonnt sich nun im Glanz
des einsamen Wissens.

GEDICHT N° 05
Die Seele des Papiers

Die Seele des Papiers

GEDICHT N° 5

So weiß wie Schnee und rein wie
Licht,
kein Fleck ziert mein Gewandt und
still schweige ich.

Doch gebt gar acht, denn was so
unbefleckt erscheint,
durch Tinte Macht ihr mir verleiht!

Seis “Gut” oder “Böse”, tolerant bin
ich,
euch doch egal, die Feder gleitet über
mein Gesicht.

Ob auch das Wort aus Bibel und
Quran,
ihr tatet gut, denn wohl ich kann,

euch bieten dar, meine Brust für all
euer Vergessen.
Es ist meine Bestimmung, mein Sein,
urteilt nach eurem Ermessen.

Doch wollt ihr wissen welch Gefühl
wahrlich in mir wohnt?
Nicht nur Kummer, Leid und die
Mutter aller Not.

Höret her und lauscht mir,
wohl einer weilt gar jetzt und hier,

sein positives Wort, nach dem ich
mich so sehr ersehn,
auf meinem “Weiß” ich möchte
erspähn!

Ach, was würde ich geben jetzt und
hier,
das er sich wohl erbarme mir ...

Jeden Buchstaben würde ich
verspeisen wie ein Festmahl so zart.
Kein schrecklich Wort, denn auf
Wohltat ich wart!

Seit dem ich existiere, nach seiner
Hand ich mich ersehn,
und sollte ich danach auch in
Flammen aufgehn!

Ja du, du der du weißt, das ich warte
auf dich,
vernehme meine Worte: immer
geduldig war ich.

Ich bin, ich war und werde lange
noch sein,
doch der Vollendung Wort, ist
Ursprung dein!

GEDICHT N° 06
„Der, der LIEBTE"

„Der, der Liebte“

GEDICHT N° 6

Nur „Der, der LIEBTE“,
kann begreifen, dass man LIEBE
niemals besitzen kann.
Er weiß jeden Augenblick mit Ihr zu
schätzen.

LIEBE ist ein Gast, der den
Menschen zu Taten beflügeln kann,
jenseits irdischer Vorstellungskraft.

Nur „Der, der sich selbst gelernt hat
zu LIEBEN“,
erlangt durch die romantische
LIEBE, seine menschliche
Vollkommenheit.

„Der, der LIEBTE“ glaubt!
Denn selbst wenn er von seiner
romantischen LIEBE
verlassen worden ist,
LIEBT ihn die Macht der LIEBE
selbst: GOTT!

GOTT ist die Hoffnung selbst und
somit pure Energie für
„Den, der LIEBTE".

Somit wird als bald aus
„Dem, der einst LIEBTE",
erneut der werden,
der erhobenen Hauptes in die finster
Nacht schreit:

Ich bin,
„Der, der wahrlich erneut LIEBT"!

GEDICHT N° 07
Die Zeit der LIEBE

Die Zeit der Liebe

GEDICHT N° 7

Wie lange muss LIEBE weilen damit
man SIE zu schätzen weiß?
Ist ein menschliches Leben genug,
um den Wert der LIEBE wirklich zu
begreifen?

Genügen Jahrzehnte ...?
Reichen Jahre ...?
Oder sind nur Wochen und Tage von
Nöten,
um sagen zu können:
“Diese LIEBE war aller Mühe wert!”

„Der, der wahrlich LIEBTE“ wird
lächelnd schweigen.
Er weiss, dass selbst der Hauch eines
Augenblicks,
getränkt in reiner
LIEBE ausreicht,
um über ein ganzes Leben voll Leid
hinwegzufliegen.

GEDICHT N° 08
Wer bin ich ...?

WER BIN ICH?

GEDICHT N° 8

Ich lasse vergessen, was du vergebens
versuchst zu unterdrücken.
Ich gebe Mut den ärmsten der
Armen!
Rassen, Hautfarbe, sexuelle Neigung,
Religion, Erfolg und Rang sind mir
fremd!

Meine Sprache fühlt gar ein Jeder!

Ich lasse Atmosphären wieder
gebären, die längst verstorben zu
seien scheinen.

Durch meine Anwesenheit,
scheint die Welt nur von zwei
Menschen bevölkert zu sein.

Ich besiege deine Furcht vor dem
Tod und das Böse erlischt durch
meinen Atemzug.

Jedoch wirke ich auf dich voller
Rätsel, und mit deinem Kopf alleine,
wirst du meine Taten niemals
begreifen.

Fühle mich!
Wer bin ich?
Fühle mich!

ICH BIN GOTT
DIE MACHT DER LIEBE

Zitate über
LIEBE / GOTT
N° 01

OAVO

OMNES AMOREM VERTUNT - OMNES.

ALLE DREHEN SICH UM DIE LIEBE - ALLE.

Vom Philosophen & Autor der Hoffnung

JOREL - THE CRYING GENTLEMAN

STELL DIR VOR,

GOTT

SEI WIE EIN RIESSIGES &
WUNDERSCHÖNES
PUZZLEBILD.
JEDES EINZELNE TEIL IST
WICHTIG.

DEINE SEELE

IST EIN BESTANDTEIL
DIESES BILDES.

Vom Philosophen & Autor der Hoffnung
JOREL - THE CRYING GENTLEMAN

UNSERE SEELE
IST EIN TEIL DER LIEBE.
EIN TEIL VON
GOTT SELBST.

Vom Philosophen & Autor der Hoffnung
JOREL - THE CRYING GENTLEMAN

EIN TEIL

VON GOTT IST IN DIR.
UND DIESER TEIL IST

DEINE SEELE.

Vom Philosophen & Autor der Hoffnung
JOREL - THE CRYING GENTLEMAN

WIR ALLE
DREHEN UNS UM DIE LIEBE,
WEIL WIR ALLE
GESCHÖPFE DER LIEBE SIND.

Vom Philosophen & Autor der Hoffnung
JOREL - THE CRYING GENTLEMAN

NUR WENN WIR ANFANGEN
ZU FÜHLEN ,
DAS WIR ALLE EINEN TEIL
VON GOTT IN UNS TRAGEN,
WERDEN WIR ALSBALD
WISSEN,
DAS WIR UNS ALLE IM
ENDEFFEKT
NUR UM DIE LIEBE
DREHEN.

Vom Philosophen & Autor der Hoffnung
JOREL - THE CRYING GENTLEMAN

WEIL WIR ALLE
EIN TEIL VON GOTT SELBST
SIND, SIND WIR ALLE
WERTVOLL.

Vom Philosophen & Autor der Hoffnung
JOREL - THE CRYING GENTLEMAN

WEIL WIR ALLE WERTVOLL
SIND, SIND WIR ALLE
BRÜDER UND SCHWESTER.

DIE SPRACHE GOTTES
IST DAS FÜHLEN VON LIEBE.

Vom Philosophen & Autor der Hoffnung
JOREL - THE CRYING GENTLEMAN

DU MÖCHTEST
DIE WORTE GOTTES HÖREN?

FÜHLE!

Vom Philosophen & Autor der Hoffnung
JOREL - THE CRYING GENTLEMAN

ICH LIEBE ALSO BIN ICH!

LIEBEN
BEDEUTET LEBEN!

DIE GRÖSSTE MOTIVATION
IN DER GESCHICHTE DER
MENSCHHEIT WAR , IST,
UND WIRD IMMER SEIN :

ZU LIEBEN !

Vom Philosophen & Autor der Hoffnung
JOREL - THE CRYING GENTLEMAN

IN JEDEM LEBEN
STECKT EINE SEELE.
JEDE SEELE IST
EIN TEIL DER
LIEBE SELBST.
DIE LIEBE SELBST
IST GOTT.

Vom Philosophen & Autor der Hoffnung
JOREL - THE CRYING GENTLEMAN

IN JEDEM LEBEN
STECKT DIE LIEBE.

Vom Philosophen & Autor der Hoffnung
JOREL - THE CRYING GENTLEMAN

IN JEDEM LEBEN
STECKT GOTT.

LEBEN IST LIEBEN
UND LIEBE IST GOTT.

Vom Philosophen & Autor der Hoffnung
JOREL - THE CRYING GENTLEMAN

LEBE NUR EINEN TAG
VOLLER LIEBE
UND DU WIRST MEHR LEBEN
ALS DER UNSTERBLICHE
DIKTATOR.

Vom Philosophen & Autor der Hoffnung
JOREL - THE CRYING GENTLEMAN

LERNE ZU LIEBEN
UND JEDE FRAGE WIRD SICH
LÖSEN.

Vom Philosophen & Autor der Hoffnung
JOREL - THE CRYING GENTLEMAN

UND WEIL ICH LIEBE
WÜNSCHE ICH DIR NICHTS
SEHNSÜCHTIGER
ALS DAS DU LIEBST.

Vom Philosophen & Autor der Hoffnung
JOREL - THE CRYING GENTLEMAN

SEIT DEM ICH
GELIEBT HABE,
VERSTEHE ICH
DAS UNIVERSUM.

Vom Philosophen & Autor der Hoffnung
JOREL - THE CRYING GENTLEMAN

DER SINN DES LEBENS IST ES,
DURCH DEINE TATEN EINE
ENTSCHEIDUNG ZU TREFFEN.
FÜR DAS GUTE
ODER DAS BÖSE.

Vom Philosophen & Autor der Hoffnung
JOREL - THE CRYING GENTLEMAN

GOTT

MÖCHTE DAS WIR LIEBEN
DENN GOTT SELBST
IST DIE LIEBE.

Vom Philosophen & Autor der Hoffnung
JOREL - THE CRYING GENTLEMAN

$L = FF^2$

DIE FORMEL DER ROMANTISCHEN LIEBE

LOVE = FREE FEELINGS BETWEEN 2 BEINGS

LIEBE = FREIE GEFÜHLE ZWISCHEN 2ER GESCHÖPFE

Zitate über

LIEBE ZU SICH SELBST / SELBSTLIEBE

Nº 02

WENN WIR ERKANNT HABEN
DAS WIR GEFERTIGT WURDEN
AUS PUREM GOLD
WERDEN WIR WISSEN DAS
JEDER MENSCH WERTVOLL IST.

Vom Philosophen & Autor der Hoffnung
JOREL - THE CRYING GENTLEMAN

SICH SELBST ZU LIEBEN
BEDEUTET ANDERE ZU
ACHTEN.

DIE 3 WICHTIGSTEN REGELN DER MENSCHHEIT:

1) LERNE DICH SELBST ZU LIEBEN
2) LERNE DICH SELBST ZU LIEBEN
3) LERNE DICH SELBST ZU LIEBEN

Vom Philosophen & Autor der Hoffnung
JOREL - THE CRYING GENTLEMAN

DIE ZEIT
HEILT KEINE WUNDEN!
NUR WIR SELBST SIND DER
HEILER UNSERES SEELISCHEN
LEIDES!

DAS PARADIES AUF ERDEN
BEGINNT MIT DER LIEBE ZU
UNS SELBST.

Vom Philosophen & Autor der Hoffnung
JOREL - THE CRYING GENTLEMAN

UND SIE SAGEN:
DIE, DIE SICH SELBST LIEBEN,
SEIEN EGOISTISCH.
JEDOCH WAHRLICH NUR DIE,
DIE SICH SELBST GELERNT
HABEN ZU LIEBEN,
RETTEN DIE MENSCHHEIT.

Zitate über
DAS BÖSE, ANGST & KONTROLLE

Nº 03

Vom Philosophen & Autor der Hoffnung

JOREL - THE CRYING GENTLEMAN

DER URSPRUNG ALLEM
MENSCHLICHEN ÜBELS
LIEGT IN DER ANGST.

Vom Philosophen & Autor der Hoffnung
JOREL - THE CRYING GENTLEMAN

DER URSPRUNG VON ANGST
IST DAS BÖSE.

Vom Philosophen & Autor der Hoffnung
JOREL - THE CRYING GENTLEMAN

VERWECHSLE NICHT ANGST
MIT VORSICHT.
VORSICHT SOLL DICH
BESCHÜTZEN,
PURE ANGST JEDOCH,
WIRD DICH FRÜHER
ODER SPÄTER
VERNICHTEN.

Vom Philosophen & Autor der Hoffnung
JOREL - THE CRYING GENTLEMAN

AUS PLUS
KANN NIEMALS MINUS
WERDEN.
EINE SEELE KANN NIEMALS
BÖSE WERDEN.

DAS BÖSE
KANN NIEMALS
VON DEINER
SEELE
BESITZ ERGREIFEN.

DAS BÖSE WILL DICH
VERNICHTEN.

DIES BEGINNT MIT DER SAAT
VON ANGST IN DEINEM KOPF.

Vom Philosophen & Autor der Hoffnung
JOREL - THE CRYING GENTLEMAN

DER MANGEL AN SELBSTLIEBE,
IST DER BESTE MAGNET
FÜR ANGST.

Vom Philosophen & Autor der Hoffnung
JOREL - THE CRYING GENTLEMAN

ANGST FÜHRT ZU KONTROLLE,
KONTROLLE FÜHRT ZU HASS
UND HASS FÜHRT ZUR
VERNICHTUNG.

DIE GRÖSSTE MACHT DES GUTEN IST DIE LIEBE.
DIE GRÖSSTE MACHT DES BÖSEN IST DIE ANGST.

Vom Philosophen & Autor der Hoffnung
JOREL - THE CRYING GENTLEMAN

WIE ÜBERWINDET MAN

ANGST?

MAN STELL SICH IHR MIT JEDER PORE!

Vom Philosophen & Autor der Hoffnung

JOREL - THE CRYING GENTLEMAN

DIE LIEBE
WAR SCHON IMMER STÄRKER
ALS DAS BÖSE.
DER BEWEIS DAFÜR IST:

DAS LEBEN!

Vom Philosophen & Autor der Hoffnung
JOREL - THE CRYING GENTLEMAN

Zitate über
WELTFRIEDEN

N° 04

WELTFRIEDEN ?
KEIN PROBLEM !

SCHAFFE ES,
DAS JEDER MENSCH
SICH SELBST LERNT ZU LIEBEN
UND WIR TREFFEN
UNS NACH DEM TEE ZUM
TANZ AUF DEN
STRASSEN !!!

Vom Philosophen & Autor der Hoffnung
JOREL - THE CRYING GENTLEMAN

ICH VERSPRECHE DIR,
DER WELTFRIEDEN WIRD
EINTREFFEN, WENN JEDER
MENSCH SICH SELBST
LERNT ZU LIEBEN!

WIE WILLST DU EIN
MEISTERWERK ERSCHAFFEN,
WENN DU DICH NOCH NICHT
EINMAL SELBST ALS EIN
EINZIGARTIGES MEISTERWERK
BETRACHTEN KANNST?

Vom Philosophen & Autor der Hoffnung
JOREL - THE CRYING GENTLEMAN

WP = AH x SL

DIE FORMEL FÜR DEN WELTFRIEDEN

WORLDPEACE = ALL HUMANS x SELFLOVE

WELTFRIEDEN = ALLE MENSCHEN x SELBSTLIEBE

Vom Philosophen & Autor der Hoffnung
JOREL - THE CRYING GENTLEMAN

Zitate über
REALIST & KOPFMENSCH
Nº 05

Vom Philosophen & Autor der Hoffnung
JOREL - THE CRYING GENTLEMAN

WER
SEIN LEBEN LANG
NUR REALISTISCH DENKT,
WIRD AM ENDE SEINES LEBENS
REALISTISCH FESTSTELLEN:
DASS MAN TRÄUME
HÄTTE LEBEN
KÖNNEN!

Vom Philosophen & Autor der Hoffnung
JOREL - THE CRYING GENTLEMAN

EIN SELBSTERNANNTER
PURER REALIST &
KOPFMENSCH
IST EIN MENSCH DER SICH
STILLSCHWEIGEND
NACH LIEBE SEHNT!

WER BEHAUPTET
ZU SEIN EIN PURER
REALIST & KOPFMENSCH,
SOLLTE SICH SELBST EINMAL
FRAGEN, WARUM ER SICH
SO EINSAM FÜHLT?!

Vom Philosophen & Autor der Hoffnung
JOREL - THE CRYING GENTLEMAN

DER PURE REALIST & KOPFMENSCH
IST DER BESTE VERDRÄNGER
SEINES HERZENS.

KEIN MENSCH
IST EIN REINER
KOPFMENSCH.
EIN MENSCH IST EIN
LEBEWESEN.
LEBEWESEN WERDEN
DEFINIERT DURCH
IHRE SEELE.
DIE SEELE IST
DIE LIEBE.

Vom Philosophen & Autor der Hoffnung
JOREL - THE CRYING GENTLEMAN

UMARME STETS
DIE SELBSTERNANNTEN
PUREN REALISTEN &
KOPFMENSCHEN.

DENN WENN ALLE
MASKEN FALLEN,
SIND WIR ALLE
WESEN DER LIEBE.

Vom Philosophen & Autor der Hoffnung
JOREL - THE CRYING GENTLEMAN

DER EINZIGE PURE
KOPFMENSCH & REALIST
IST DIE MASCHINE

Zitate über

DIE WICHTIGSTEN & WERTVOLLSTEN DINGE

Nº 06

Vom Philosophen & Autor der Hoffnung

JOREL - THE CRYING GENTLEMAN

EINES TAGES
WERDEN WIR FESTSTELLEN,
DASS DIE WICHTIGSTEN DINGE
IN UNSEREM LEBEN,
DIE EINFACHEN
DINGE WAREN.

Vom Philosophen & Autor der Hoffnung
JOREL - THE CRYING GENTLEMAN

DAS WERTVOLLSTE &
WICHTIGSTE FÜR DAS LEBEN

IST DIE LIEBE.

DENN DER KERN JEDES LEBENS
IST DIE LIEBE.

Vom Philosophen & Autor der Hoffnung
JOREL - THE CRYING GENTLEMAN

KEIN DING DER SELTENHEIT,
KANN JEMALS WERTVOLLER
FÜR DEN MENSCHEN SEIN,
ALS DIE LIEBE.

Vom Philosophen & Autor der Hoffnung
JOREL - THE CRYING GENTLEMAN

Zitat über
WAHRHEIT

Nº 07

DIE WAHRHEIT LIEGT IM

HERZEN

NICHT IM KOPF.

Vom Philosophen & Autor der Hoffnung

JOREL - THE CRYING GENTLEMAN

Zitat über
LEBEN
N°08

DAS LEBEN
IST WUNDERVOLL.

WENN WIR ES DOCH NUR
IMMER SEHEN KÖNNTEN.

ERINNERE MICH.
ERINNERE MICH.
ERINNERE MICH.

Vom Philosophen & Autor der Hoffnung
JOREL - THE CRYING GENTLEMAN

Zitat über
BARMHERZIGKEIT

Nº 09

DER MENSCH
IST AN SICH GUT,
DENN WAHRE INNERE
ZUFRIEDENHEIT
ERLANGT DER MENSCH
NUR DURCH
BARMHERZIGKEIT.

Vom Philosophen & Autor der Hoffnung
JOREL - THE CRYING GENTLEMAN

Zitat über
SCHÖNHEIT

Nº 10

WENN
DU DEINE SCHÖNHEIT
NUR SO SEHEN KÖNNTEST,
WIE ICH SIE SEHE,
WÜRDEST DU DEN
GANZEN TAG
DEIN SPIEGELBILD
KÜSSEN!

Vom Philosophen & Autor der Hoffnung
JOREL - THE CRYING GENTLEMAN

Zitate über

KRIEG & FEIND

Nº 11

DER, DER DEN KRIEG SUCHT,
SEHNT SICH NACH INNEREN

FRIEDEN.

JEDER FRIEDE JEDOCH,
ENTSTEHT NUR DURCH

LIEBE.

Vom Philosophen & Autor der Hoffnung
JOREL - THE CRYING GENTLEMAN

DER HÖCHSTE
TRIUMPH DES BÖSEN
WAR ES,
DER MENSCHHEIT
EINZUREDEN,

GOTT

SEI FÜR ALL DIE
HUNGERSNÖTE,
KRIEGE UND ALL
DIE LEIDER
DIESER WELT
VERANTWORTLICH.

Vom Philosophen & Autor der Hoffnung
JOREL - THE CRYING GENTLEMAN

ES GIBT KEINE FEINDE,
DER FEIND BIN ICH.

Vom Philosophen & Autor der Hoffnung
JOREL - THE CRYING GENTLEMAN

JE MEHR
DU NACH KRIEG LECHZT,
UM SO MEHR VERRÄTST DU
MIR, DEINE INNERE LEERE.

Vom Philosophen & Autor der Hoffnung
JOREL - THE CRYING GENTLEMAN

DER, DER SICH LAUT

SCHREIEND

NACH GEWALT SEHNT,

OFFENBART UNERBITTLICH

LEISE

SEINE SEHNSUCHT

NACH LIEBE!

Vom Philosophen & Autor der Hoffnung

JOREL - THE CRYING GENTLEMAN

Vom Philosophen & Autor der Hoffnung

JOREL - THE CRYING GENTLEMAN

Zitate über
LIEBESLEID

Nº 12

IN DEM MOMENT
ALS DU MICH
VERLASSEN HAST,
RIEFST DU ALL MEINE KUNST
INS LEBEN.

Vom Philosophen & Autor der Hoffnung
JOREL - THE CRYING GENTLEMAN

JE MEHR
DEIN KOPF
DIR ZWINGT
DEINE LIEBE ZU
HINTERFRAGEN,
UM SO MEHR WIRST DU
FÜHLEN,
DAS DU NICHT
LIEBST.

Vom Philosophen & Autor der Hoffnung
JOREL - THE CRYING GENTLEMAN

Zitate über

INNERE FREIHEIT & VERGEBUNG

Nº 13

Vom Philosophen & Autor der Hoffnung

JOREL - THE CRYING GENTLEMAN

IN DER LIEBE STECKT DIE ENERGIE FÜR VERGEBUNG.

VERGEBUNG BEDEUTET
INNERE FREIHEIT.

INNERE FREIHEIT BEDEUTET:
EIN WUNDERVOLLES LEBEN.

Vom Philosophen & Autor der Hoffnung
JOREL - THE CRYING GENTLEMAN

LERNE
DICH SELBST ZU LIEBEN
UND DU WIRST
VERGEBEN !

NUR DURCH VERGEBUNG
ERLANGEN WIR INNERE

FREIHEIT.

Vom Philosophen & Autor der Hoffnung
JOREL - THE CRYING GENTLEMAN

INNERE FREIHEIT IST
EIN GEFÜHL
UND KEIN ORT.

BEFREIE DIESES GEFÜHL
UND UNWICHTIG WIRD
WERDEN JEDER ORT.

Vom Philosophen & Autor der Hoffnung
JOREL - THE CRYING GENTLEMAN

DER GEFANGENNE
MIT INNEREN FRIEDEN,
IST FREIER ALS DER FREIE
MANN, MIT GEISTIGEN
KETTEN.

Vom Philosophen & Autor der Hoffnung
JOREL - THE CRYING GENTLEMAN

Zitate über
BESTIMMUNG

Nº 14

Vom Philosophen & Autor der Hoffnung

JOREL - THE CRYING GENTLEMAN

WER BIST DU ?
WAS DEFINIERT DICH ?

WAS UNTERSCHEIDET DICH VON DEN MILLARDEN DER ANDEREN ?

ANTWORT :
DU BIST DER BESCHREITER DEINER BESTIMMUNG .

ES GIBT NICHTS LEICHTERES
ALS DEINE PERSÖNLICHE
BESTIMMUNG
HERAUSZUFINDEN:

FÜHLE!

Zitate über
SEX & SEXUALITÄT
Nº 15

SEXUELLE BEFRIEDIGUNG
IST DER ERSTE SCHRITT ZUM
WELTFRIEDEN.

Vom Philosophen & Autor der Hoffnung
JOREL - THE CRYING GENTLEMAN

ES GIBT NICHTS
BEIM SEX
WAS MAN NICHT DARF,
SOLANGE
ALLE BETEILIGTEN
ES WOLLEN.

VERDRÄNGE
DEINE SEXUALITÄT
UND DU WIRST NIEMALS
DIE ROMANTISCHE
LIEBE ERFAHREN.

EINE DER SCHLIMMSTEN
MANIPULATIONEN
IN DER GESCHICHTE DER
MENSCHEIT WAR ES,
DIE SEXUELLE NEIGUNG ZU
DEFINIEREN.

GOTT

HAT DICH ERSCHAFFEN.
DAS GILT AUCH FÜR DEINE
SEXUELLE NEIGUNG.
LIEBE DICH SO WIE DU BIST,
DENN DU BIST
EIN GESCHÖPF GOTTES.

Vom Philosophen & Autor der Hoffnung
JOREL - THE CRYING GENTLEMAN

SEX

IST NICHTS ANDERES
ALS MENSCHLICH.
VERDRÄNGE DIESEN
WICHTIGEN BESTANDTEIL
UND DU WIRST BALD
DINGE TUN, DIE ALLES
ANDERE SIND ALS
MENSCHLICH.

Vom Philosophen & Autor der Hoffnung
JOREL - THE CRYING GENTLEMAN

SEX

IST DIE PURE SPRACHE DER KÖRPER.

Vom Philosophen & Autor der Hoffnung

JOREL - THE CRYING GENTLEMAN

WER SEX
IM ALLGEMEINEN
VERFLUCHT
ODER ALS ETWAS BÖSES
ANSIEHT, SOLLTE SICH ÜBER
SEINEN EIGENEN SEX
GEDANKEN MACHEN.

Vom Philosophen & Autor der Hoffnung
JOREL - THE CRYING GENTLEMAN

JEDE ART VON SEX IST

WUNDERVOLL,

WENN BEIDE ES WOLLEN.

Vom Philosophen & Autor der Hoffnung

JOREL - THE CRYING GENTLEMAN

WENN DEIN KOPF
AUCH NUR EINEN KLAREN
GEDANKEN FORMEN KANN
WÄHREND DEM SEX, DANN
WAR ES KEIN GUTER SEX.

KEINE ROMANTISCHE LIEBE
OHNE SELBSTLIEBE.

KEINE SELBSTLIEBE OHNE
SELBSTFINDUNG.

KEINE SELBSTFINDUNG OHNE
GEISTIGER & SEXUELLER
FINDUNG.

DIE SEELE

STECKT IN DER
MENSCHLICHEN HÜLLE.
VERDRÄNGE DIESEN FAKT,
UND DU WIRST ZU
EINEM VERBITTERTEN
MENSCHEN.

SEXUELLE
GEDANKEN
SIND NICHT OBERFLÄCHLICH!
OBERFLÄCHLICH
WERDEN NUR DIE,
DIE IHRE SEXELLEN
GEDANKEN
VERDRÄNGEN.

Vom Philosophen & Autor der Hoffnung
JOREL - THE CRYING GENTLEMAN

WIE WILLST DU
AUF DEINE INNERE STIMME
HÖREN,
WENN DEIN KÖRPER LAUTER
SCHREIT ALS DEINE SEELE?

„Folge mir auf YouTube !!!
Suche nach: „Jorel - The Crying Gentleman"
Oder scanne den Barcode, hier unten, mit
deinem Smartphone!"

Philosoph & Autor der Hoffnung

JOREL - THE CRYING GENTLEMAN

LUST AUF EINEN WEITEREN ROMAN VON JOREL ???

„ICH BIN DER KING OF ALL KINGS !!!"

JOREL HAT AN DIESEM ROMAN 15 JAHRE GESCHRIEBEN!

EINE MÄCHTIGE GESCHICHTE MIT EINER EINZIGARTIGEN GEBRAUCHSANWEISUNG FÜR SELBSTBEWUSTSEIN. UND DAS BESTE DARAN IST: SIE FUNKTIONIERT!

Wir alle sind doch auf der Suche nach dieser EINEN Erkenntnis, die uns hilft, das unser Leben genialer wird. - Dieses Buch: „ICH BIN DER KING OF ALL KINGS !!!" enthüllt dieses Geheimnis in Form eines spannenden „Spirituellen-Action-Romans", der eine Gebrauchsanweisung für ein ultimatives Selbstbewustsein enthält! „Es beginnt alles damit, wie wir uns selbst sehen und fühlen!" Große Geister wie Buddha, Dr. Martin Luther King Jr., Mahatma Gandhi, Mutter Theresa und Jiddu Krishnamurti kannten das Geheimnis: Die Dinge, die uns im täglichen Leben begegnen, werden von unserer eigenen Gedankenenergie angezogen: Die Art und Weise, wie wir uns selbst sehen und fühlen!

Pharao Rahnun erwartet DICH ...

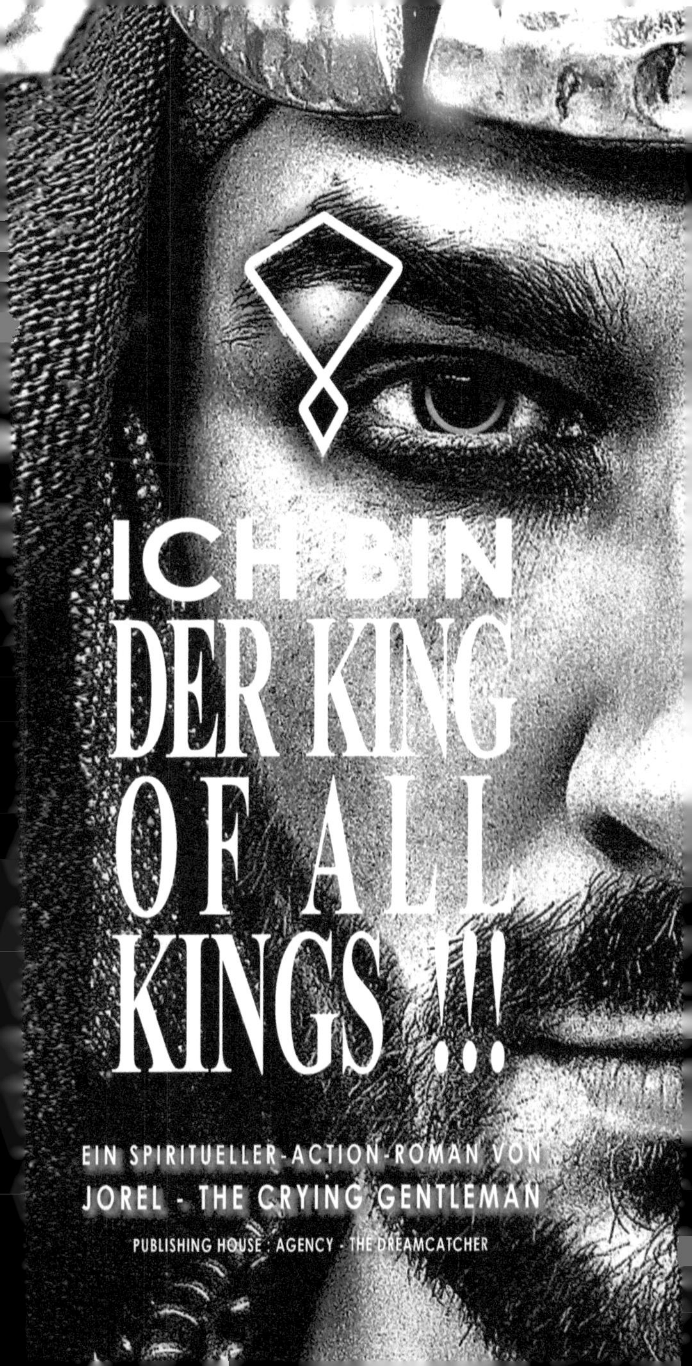

ICH BIN DER KING OF ALL KINGS !!!

EIN SPIRITUELLER-ACTION-ROMAN VON

JOREL - THE CRYING GENTLEMAN

PUBLISHING HOUSE : AGENCY - THE DREAMCATCHER

ODER WIE WÄRE ES MIT

DIESEM ROMAN VON JOREL ???

„ICH BIN AMOR !!!"

Die Geschichtsbücher
müssen umgeschrieben werden!

AMOR ist nicht für die LIEBE, sondern für das LIEBESLEID verantwortlich! - Ein Kampf zwischen GUT & BÖSE ist entfacht. Der Lehrmeister „SU SEJ" lehrt in Paris, im Jahre 1928, dem wunderschönen „JEROME MONROE" wie er den größten Krieger des BÖSEN besiegen kann: „AMOR" !!!
Lese zwischen den Zeilen und du wirst aus diesem „Angeblichen Action-Roman" eine persönliche Lebensenergie hervor-zaubern können, wie aus kaum einem anderen Roman!

P.S.: Was bedeutet eigentlich

„SU SEJ" rückwärts ?!!

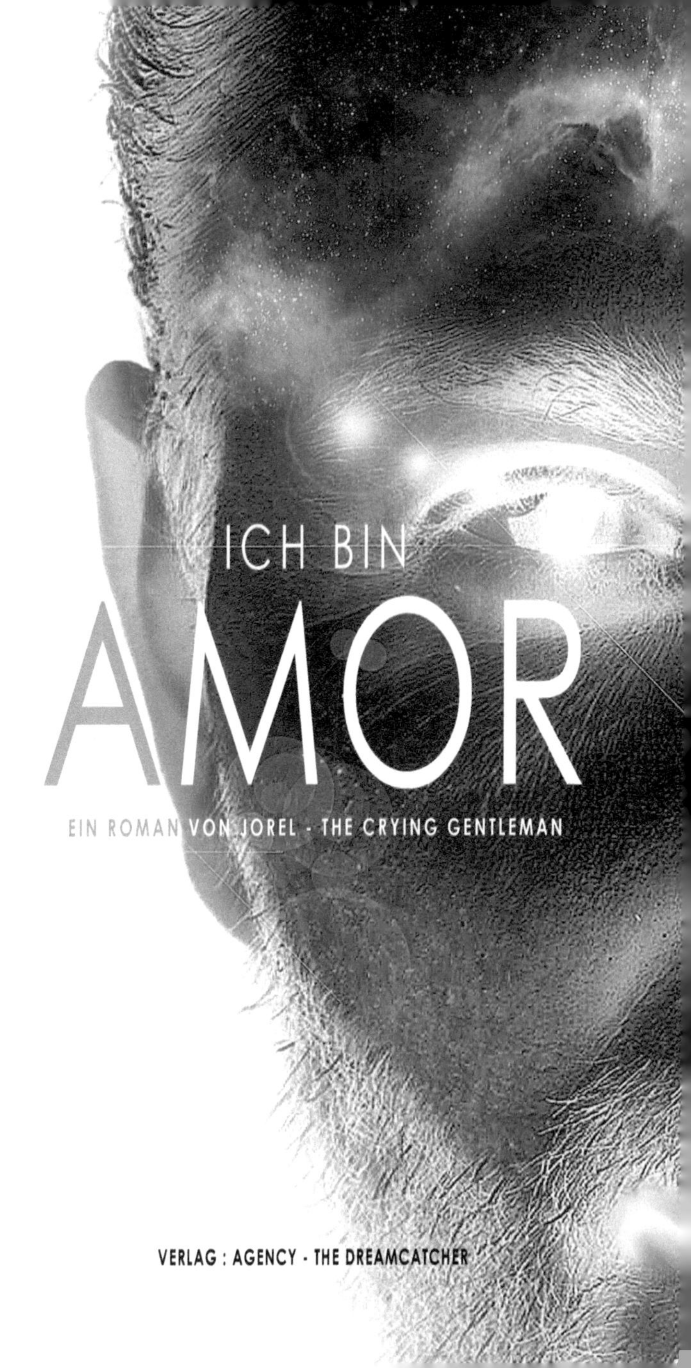

ICH BIN

AMOR

EIN ROMAN VON JOREL - THE CRYING GENTLEMAN

VERLAG : AGENCY - THE DREAMCATCHER

Printed in Poland
by Amazon Fulfillment
Poland Sp. z o.o., Wrocław

50301597R10125